冰波
心靈成長童話集 **4**

小精靈的秋天

冰波 著

新雅文化事業有限公司
www.sunya.com.hk

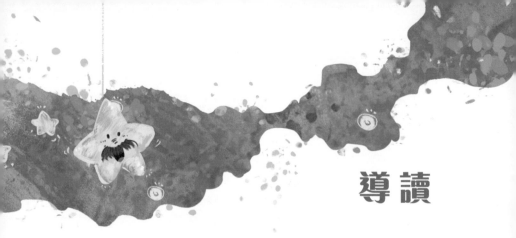

積極、樂觀，大步向前走

在困難和挑戰面前，有些人能夠積極面對，不灰心，不放棄，努力找方法解決。其實，你也做得到，關鍵是要有積極、樂觀的心態。

要克服困難，解決問題，最好的方法就是勇敢地面對，積極地找解決方法。就如《晚安，我的星星》裏面，膽怯的小老鼠獲得了一顆又暗又小的星星，他很喜歡這顆屬於他的星星，常常跟它聊天。可是，小星星生病了，掉落到小老鼠的窗前。小老鼠積極地找方法幫小星星回復光亮，最終使它變成天上最亮最大的星星。

什麼叫好天氣？什麼叫壞天氣？在《好天氣和壞天氣》裏，老太太的大兒子盼望有太陽曬果脯；老太太的小兒子卻盼望下雨天能多賣些

雨傘。其實，不管什麼天氣，都有一個兒子會高興呀，對不對？我們未必能改變外在環境，但是可以改變自己的心態。用積極樂觀的態度去看待人和事，這時候你會發現，那些煩惱不再是煩惱了。

又如《小精靈的秋天》的故事，大樹和小精靈原本都害怕秋天，現在他們找到解決方法了——互相陪伴，就不用害怕，也不再孤獨過冬了。我們要懷抱希望，有樂觀的心態，積極面對，沒有解決不到的問題的。

在《金錢龍》、《一座房子和一塊磚》裏，金錢龍和黑熊胡亂花錢，當然不值得學習。我們應該向胖小豬和小老鼠學習，積極、踏實地工作，努力、認真地生活。

在成長的路上，有着種種的挑戰和考驗。不用怕，我們一起鼓起勇氣，抱持樂觀積極的心態，相信前方是美好的，未來是有希望的，這樣才能昂首闊步，毅然前行，走出屬於你的康莊大道！

目 錄

小精靈的秋天

　　當風吹得大樹往下掉葉子的時候，秋天就來了。樹葉在風裏面翻着身，往地上掉，就好像翅膀受了傷的小鳥。

　　這時候，來了一羣小精靈。他們來了，給這裏帶來了歡樂。

　　小精靈在大蘑菇上放一隻風箏，讓涼涼的秋風也變暖了許多；再在大蘑菇上拉提琴，讓落下來的葉子都往有琴聲的地方飄去。

　　小精靈們還會在草枝上盪鞦韆；

小精靈們還會爬到樹頂上去畫畫；

小精靈們還會坐到樹杈上去看書……

正在落葉的大樹說：「以前，我好害怕秋天啊，現在，我怎麼不太怕了？」

有一個小精靈對大樹說：「其實，我們也害怕秋天啊。」

「為什麼啊？」大樹問。

小精靈說：「因為，秋天是我們小精靈的最後一個季節。」

大樹問：「什麼是最後一個季節呢？」

「因為，在冬天裏，我們小精靈是不出來玩的，所以，我們在找一個最好的地方，我們就要在最好的地方過冬。」

大樹心裏想：啊，最好他們選中在

我這裏過冬啊。有一個小精靈說：「我們就選中這裏了。」

大樹心裏好高興，激動得全身抖起來了，這樣，它的葉子掉得更多了。這麼多年來，這棵大樹總是孤獨地過冬，可是，現在它有了小精靈。

大樹不禁想：是啊，有很多東西，到了快沒有的時候，它就變得特別的美。

金黃色的西西草

　　在紅樹林裏，有一小片濕地，就在這片濕地上，長着一種草，它的名字叫西西草。西西草是南瓜堡的特產，只有南瓜堡有，而且，只有在南瓜堡裏的紅樹林的這片濕地上才有。它的葉子長長的，扁扁的，還散發着一種特殊的香味。

　　西西草每年只長一次，因此，到了秋天，大熊都會去紅樹林把西西草全部採摘回來。

　　大熊像往年一樣，來到了紅樹林，

採摘西西草。「咦？不對呀，」大熊說，「好像已經有人來採摘過了？」有一部分西西草折斷了，看得出已經有人來採摘過了。大熊只好把剩下的西西草全部採摘回來。

西西草在清水裏泡三天，然後，再在太陽下曬三天，它就不再是綠色的，而是變成了非常漂亮的金黃色。這時候，大熊就可以把西西草交給眉眉了。

眉眉的手很巧，她會用西西草來編一些很有用的東西。眉眉總是在天氣很好的日子裏，坐在家門口，嘴裏哼着歌，用西西草編東西。

她給老神仙編了一頂草帽，這種草帽戴在頭上，感覺特別輕，特別清涼。她給大熊編了一隻大口袋，用這隻口袋來裝東西，又透氣，又吸水。她給島島

編了一架小飛機，這是島島最喜歡的東西了。她還給三胞胎一人編了一隻可愛的小錢包。

本來，眉眉準備用剩下來的西西草給自己編一張草席，可是，西西草不夠了。「今年的西西草怎麼比去年少啊？」眉眉很奇怪。

正在這個時候，眉眉聽到有人在哼着很難聽的歌，抬頭一看，是孤獨狼，他正從眉眉的門口走過。孤獨狼的腰上，繫

着一根腰帶，腰帶上，還掛着一隻槍套，槍套裏，插着他那把火柴手槍。

最讓人吃驚的是，他的腰帶是用西西草編的，他的槍套也是用西西草編的！「怎麼樣？我的手藝不錯吧？」孤獨狼對眉眉說，「這是我自己編的！我

的手槍也要裝在金黃色的、有點香味的、西西草編的套子裏。哈哈！」

眉眉非常生氣：「孤獨狼，你、你把這麼好的東西，用來做你的槍套？」

這時候，老神仙也走過來了，他搖

搖頭說：「唉，多麼好的西西草，不管編什麼，都是很好的工藝品，可是，就有人用它來給槍編套子。唉，世界上的事情，總是不能都讓人滿意……」

「怎麼啦？好東西我也喜歡的……」孤獨狼還要頂嘴，但是，他看到大熊正從遠處走過來，趕緊住嘴，開溜了。孤獨狼還是有點怕大熊的。

孤獨狼回到自己的破草屋門口，摸出火柴手槍來，瞄準了樹上的一個果子——他好久沒有打槍了，想過過癮。

孤獨狼一扣扳機，槍沒響。他又連着扣了幾下扳機，槍還是沒有響。孤獨狼不知道，凡是西西草碰過的槍，就會打不響。

——世界上的事情，還是總能讓人滿意的。

古井的禮物

　　據說這口古井已經有好幾百年的歷史了，它就在南瓜堡的中心位置上。

　　現在古井的旁邊已經沒有房子了，但是，在古井剛剛挖好的時候，旁邊肯定有房子的。可以想像一下，在古時候，人們就生活在井邊，有的人在洗衣服，有的人在洗水果，人們說着話，孩子也在井邊玩着。

　　為了防止頑皮的孩子不小心掉到井下，古時候的人就用石頭造起了一個挺

高的井欄。我們可以隱隱約約地看見，
這個井欄上還有花紋呢。從這口井裏打
上來的水，喝起來特別清涼甘甜。

　　這口井，對那時候的人來說，是非
常重要的。現在，南瓜堡的居民們也非
常愛護這口井。

為了保證古井的水質，南瓜堡有一個規定，每年要挖一次井底的淤泥。那麼，如果從井底挖到什麼東西，就歸挖淤泥的人了。

　　井底會挖出什麼東西來呢？當然是人們打水的時候不小心從口袋裏掉下去的東西。這些東西，往往都是古代的人掉下去的，因為，他們可是沒有挖井底淤泥的習慣的。

　　那麼由誰來挖井底的淤泥？——南瓜堡的居民，每年輪流一戶來挖。

　　今年輪到誰家呢？今年輪到孤獨狼家。

　　這事是老神仙去通知的。老神仙說：「孤獨狼，今年輪到你挖井，好好幹啊，祝你挖上來好東西。」

　　孤獨狼非常高興，他早就等着這一

天了。

12月31日這天，是挖井的日子——這也是南瓜堡的規定，因為年底這天，用井水的人最少。

孤獨狼起了個大早，到老神仙那裏去領了工具，就開工了——挖井的工具是由老神仙統一保管的：有長柄的鏟子，長

柄的鈎子，還有盛淤泥的籃子（水能漏出去，泥卻能留在籃子裏）。

孤獨狼幹得很賣力，挖上來很多淤泥。「淤泥挖得越多，裏面的寶貝就會越多。」孤獨狼對自己說。不一會兒，孤獨狼就幹得滿頭大汗了。

和往年一樣，不管輪到誰挖井，南瓜堡的人都會來看，因為這是一件很神秘的事——到底會挖到什麼東西呢？大家都非常好奇。老神仙、大熊、眉眉和島島，還有三胞胎，大家都來了。

　　孤獨狼幹得更起勁了。「你們離我挖上來的泥遠一點啊。」孤獨狼說，好像那些淤泥就是寶貝。

　　挖井的工作結束了。老神仙說：「孤獨狼，你平時經常幹壞事，但是，挖井卻非常出色。好！」

　　孤獨狼很少受到表揚，老神仙這麼一說，反而讓孤獨狼不好意思了，他紅着臉說：「一般啦，一般啦。」

　　接着，孤獨狼就開始沖洗那一堆淤泥，看看裏面有什麼好東西。一桶桶水嘩嘩地沖洗着淤泥，忽然，在黑黑的淤

泥裏，露出了一塊又白又亮的東西。孤獨狼撿起來一看，天哪，這是一塊非常好的古玉！

老神仙用放大鏡仔細看過以後，說：「孤獨狼，祝賀你呀，這塊古玉非常貴重，你千萬要保存好啊。」

「是的，是的，一定，一定。」孤獨狼激動地説。

他把古玉貼在胸口：「我孤獨狼，向來被人瞧不起，現在，我也有好東西啦……」說着，孤獨狼的眼淚都流了下來。

大家聽了孤獨狼的話，心裏想：「是啊，他孤獨狼雖然老幹壞事，但日子並不好過啊，這塊貴重的古玉，也該讓他得到。」

後來，老神仙送給孤獨狼一根絲線，這種絲線就是用來掛古玉的，孤獨狼把古玉穿了起來。

這塊古玉就一直掛在他的胸口。

金錢龍

　　龍的身上是長滿鱗片的。那些鱗片圓圓的，一層疊一層蓋在身上。這一點都不稀奇，就連很不起眼的魚身上，也都長着一身鱗片。

　　不過，住在南瓜村裏的金錢龍就不同了。他身上的每一片鱗，都是純金的。也就是說，他的整個身體裹滿了金幣。這真是一筆巨大的財富。

　　胖小豬在南瓜地裏澆肥，肥水極臭，太陽又烈，胖小豬汗水直流。

　　金錢龍走過去，説：「胖小豬，你
這麼累，能掙多少錢啊？」

　　「啊，不少哪！」胖小豬説，「等
南瓜成熟了，每個南瓜就可以賣五毛錢。
我數過，一共有一百多個南瓜呢。」

　　「哈哈，」金錢龍大笑起來，「這
算什麼，還不如我身上一片金鱗片值錢

呢。」

「那倒是。」胖小豬又低頭幹他的活兒。

金錢龍説：「叫我一聲龍老爺，我就掰一個金幣給你，你一年都不用種南瓜了。」

胖小豬搖搖頭：「不要。不過，如果你幫我澆完這塊地，我倒是可以給你一個南瓜。」

「哼，把我當成什麼了？」金錢龍氣呼呼地走了，「我是上等龍，懂不懂？」金錢龍走出了南瓜村。這麼個窮地方，哪裏是自己待的地方！

他到了一個大城市裏。這裏燈紅酒綠，到處是享受的場所。金錢龍掰下一個金幣住進了最豪華的酒店，又掰下一個金幣去了歌廳，還掰下一個金幣買了

一杯礦泉水。

　　賣礦泉水的熊大爺捧着這個金幣傻了半天：「天哪，這麼大的錢，我哪裏找得開呀！」「不用找了。」金錢龍瀟灑地轉身走了。

　　「一個大富翁到我們城市來了。」這個消息傳開了。時裝店老闆、美容店老闆、餐廳老闆，都圍住了他：「到我們那裏去吧，我們的服務一流。」金錢龍覺得自己像皇帝一樣重要和偉大。

　　不知不覺中，金錢龍身上的金鱗片越來越少了。終於有一天早上，酒店老闆臉色陰沉地來到了他的房間，對他說：「該交住宿費了！」金錢龍一看，天哪，全身只有一片金鱗片了。

　　酒店老闆朝服務員一揮手：「把它掰下來！」服務員立刻衝上來，用老虎

鉗撬。「不行，不行，我還要留着吃早茶呢！」金錢龍大叫。

可沒人理他。他們撬下了他最後一片鱗，把他從大門推了出去。「這是什麼服務，太不文明了！」金錢龍氣呼呼的。街上的人看了他直笑，有一位紅衣大媽還把一盆洗腳水潑到了他的身上。

酒店

「這個世界怎麼一夜之間就變了樣?」金錢龍想不明白。

「世界沒有變,而是你變了。」從酒店的窗口,酒店老闆丟下一句話來。

是啊,現在的金錢龍,看起來就像是一條長着腳的大黃鱔。

當金錢龍又餓又累地回到南瓜村的時候,胖小豬正在地裏收割南瓜。他招呼金錢龍說:「來來來,快來幫我收南瓜吧。活兒幹完了,我給你一個最大的南瓜。」

金錢龍很感動,從城裏走到這裏,胖小豬是第一個跟他說話的。他向胖小豬走去,用他尖尖的爪子,去摘南瓜。南瓜發出的那種淡淡的清香,真是誘人啊。

現在他才發現,擁有一百多個大南瓜的胖小豬,真是一個大富翁啊。

蹦蹦跳龍

　　蹦蹦跳龍原來不叫蹦蹦跳龍，他是個挑着兩隻箱子，到處收破爛的龍，大家叫他收破爛龍。為什麼又叫他破爛龍呢？因為他總是故意穿得很破爛。

　　說是收破爛，可他的兩隻大箱子總是鎖着的，誰也不知道裏面放了些什麼。

　　這一天，收破爛龍到南瓜村裏來了。

　　「收破爛嘍，收破爛嘍！」

　　不過，南瓜村裏破爛不多。胖小豬拿出個破籃子，小兔子拿出破碗，可是

收破爛龍都不要。

　　他説：「你們太瞧不起我啦！」收
破爛龍挑着箱子走了。不久，村裏發生
了怪事。胖小豬家的一把銅壺不見了，
小兔子家的一個掛鐘不見了，小刺蝟家
少了面新鏡子，小山貓家少了把會轉的
椅子⋯⋯

　　少東西的人家，收破爛龍都去過。

大家説：「會不會是收破爛龍拿去了？我們去問問他。」

大家在村口攔住了收破爛龍。可是他非常生氣地説：「什麼？你們冤枉好人呀！我怎麼會偷東西呢……」

大家想看看他的箱子裏有沒有，收破爛龍就趴在箱子上哭：「你們好沒良心呀，兩隻箱子一隻放着我死去爺爺的遺物，一隻放着我死去奶奶的遺物，你們怎麼能看呢！」聽了這樣的話，大家只好回去了。

等大家一走，收破爛龍打開箱子，偷偷往裏看。箱子裏面有一把銅壺、一個掛鐘、一面鏡子、一把椅子。原來，收破爛龍是個小偷。

本來這個故事應該完了。可偏偏這時候收破爛龍肚子餓了，他就到南瓜村

的一片豆子裏去偷豆子吃。他一把又
一把地摘豆子，吃了好多。

　　沒想到，吃了豆子後，收破爛龍不
會走路了，只會咚咚地在地上跳。大家
知道的，挑着擔子，他怎麼能跳呢？

　　咚地一跳，箱子裏的銅壺被震出來
了；又咚地一跳，箱子裏的掛鐘被震出
來了。這一切，都被南瓜村的村民們看
見了。這可太難為情了。收破爛龍連擔

子也不要了，扔下就咚咚咚地跳着逃回去了。

收破爛龍為什麼偷吃了豆子會跳個不停呢？因為他吃的是南瓜村的跳豆。這種跳豆，要就着南瓜一塊兒吃，才不會跳，如果單吃豆子，可就不行啦。如果不吃幾塊南瓜的話，就會這樣跳一輩子的。

收破爛龍當然不知道這個秘密，所

以他一天到晚就總是跳，變成了蹦蹦跳龍。

蹦蹦跳龍當然再也不能去幹他的老行當了，要不，偷了的東西被他一跳，就露餡了。他只好找了一個新的工作——修馬路。修路工人在不平的路上鋪了石子，澆上柏油，就由蹦蹦跳龍在上面跳，把路壓平。有了他，壓路機也用不着了。

現在，蹦蹦跳龍工作得很愉快，再也不用提心吊膽了。就是有一樣不好，蹦蹦跳龍睡着的時候也會跳，常常會從牀上跳下來，摔得屁股疼。

當然啦，蹦蹦跳龍什麼時候不想跳了，只要到南瓜村去討幾塊南瓜吃，就行了。南瓜村的動物們，一定會給他的。

將軍的魔藥

　　古時候，有一位將軍，接到皇上的命令，要出門去遠征。

　　將軍很擔心，因為這是一次重任，他怕自己打不了勝仗。將軍的父親拿出一個葫蘆，對他說：「不用擔心，我的孩子，這個葫蘆裏裝着必勝的魔藥。只要你帶着它，魔藥會幫你打贏每一仗。」

　　將軍從接過葫蘆的那一刻起，就感到信心百倍，覺得自己一定能夠打勝仗了。他把葫蘆掛在腰間，率領隊伍準備

出發了。

「兒子啊，你千萬不能打開葫蘆啊！」後面傳來了父親的囑咐。「知道了，父親。」將軍摸一摸腰間的葫蘆，上路了。

將軍真的所向披靡，勢不可當，每一仗都打得非常漂亮。

將軍愛惜他的葫蘆，連睡覺也放在枕頭旁。

　　由於將軍老是打勝仗，光他的名字就能使敵人害怕。

　　「葫蘆裏到底是什麼魔藥，真的這麼靈嗎？」將軍很好奇，打開了葫蘆的蓋子。從葫蘆裏倒出來的，並不是什麼魔藥，而是一小堆普通的沙子。

　　「什麼？原來我並沒有什麼魔藥？」將軍大吃一驚，他馬上覺得心裏沒有了底。「沒有魔藥，我可怎麼再打勝仗呢？」將軍擔心起來，心裏很亂。

　　第二天，敵人發動了進攻。將軍心神不定地指揮着隊伍，生怕自己會吃敗仗。結果，這一仗，將軍大敗。

　　接下來，將軍又連連大敗，他的隊伍已經潰不成軍了。

當將軍逃回家裏的時候，父親對他說：「兒子啊，世界上本沒有什麼魔藥。我給你的只是自信，可是，當你連自己都不相信的時候，你怎麼能不敗呢？」

好天氣和壞天氣

一天，老奶奶去看望她兩個在外生活的兒子。

她先來到大兒子家。大兒子是做蜜餞的，他門口的一大片地上，正曬着各種各樣的果脯呢。老奶奶看到大兒子又勤勞又快活，很高興。

老奶奶問：「兒子啊，你現在最盼望什麼？」大兒子說：「我最盼望有太陽的好天氣，最害怕下雨的壞天氣。有了好天氣，我的果脯就曬得快啊。」

老奶奶離開的時候，對大兒子說：「兒子啊，我和你一起盼望有太陽的好天氣。」

接着，老奶奶又去了小兒子家。小兒子是做雨傘的，他正在家裏忙着呢。

老奶奶問：「兒子啊，你最盼望什麼？」小兒子説：「我最盼望下雨的好天氣，最害怕有太陽的壞天氣。有了天天下雨的好天氣，我的傘就好賣了。」

老奶奶回家以後，不知道怎麼辦才好，天天坐在門口哭。

一位老爺爺問她：「老奶奶，你為什麼哭呀？」老奶奶説：「下雨天是壞天氣，因為大兒子不能曬果脯；大晴天也是壞天氣，因為小兒子的雨傘就賣不出去……」

老爺爺哈哈大笑起來，他説：「你

不會倒過來想嗎？你想，天晴是好天氣，曬果脯的大兒子會高興；下雨也是好天氣，做傘的小兒子會高興。」

　　老奶奶想了一下，忽然變得高興了，她說：「對呀，不管是大晴天，還是下雨天，反正有一個兒子會高興，它們都是好天氣呀。你這位老爺爺真聰明呀。」

晚安，我的星星

　　有一天，獅大王把森林裏的動物們召集到了一起。「今天，我要做一件好事，」獅大王説，「要把天上的星星分給大家。」

　　分星星？那真是太好啦！

　　獅大王説：「分星星嘛，總該有個先後。我當然第一個挑，接下來是老虎、黑熊、花豹，還有狼、狐狸、鹿……好吧，開始挑吧。」

　　這時候，獅大王聽到了一個膽怯的

聲音：「我，我排在第幾個？」原來說話的是一隻小老鼠。雖然他是誰也瞧不起的小老鼠，可他也想和大家一樣，分到一顆屬於自己的星星。

　　獅大王瞧了一眼小老鼠輕蔑地說：「你嗎？排在最後，剩下的那顆沒人要的星星，就是你的啦，哈哈。」說着，獅大王為自己挑了一顆最大最亮的星星。

接下來，老虎挑了第二亮的一顆，黑熊挑了第三亮的一顆，花豹那顆是第四亮的……

小老鼠一直在邊上耐心地等着。等大家都挑完了，果然剩下了一顆又暗又小，而且是在很邊上的一顆星星。「啊，那就是我的星星啦！你好，我是小老鼠。」小老鼠在心裏對那顆小星星說。

「好啦，好啦！」獅大王說，「星星分完了。以後，大家只許看自己的星星，不許偷看別人的星星！」大家都答應聽獅大王的話。

就這樣，小老鼠也有了一顆屬於他自己的星星。他很誠實，真的只看自己那顆星星，不偷看別人的。其實，小老鼠也根本不想看別人的星星，因為他越來越喜歡自己的星星啦。

吃完晚飯，小老鼠就趴在窗口看他的星星，就像在聆聽美妙的音樂一樣，靜靜地看，慢慢地想。這是很快樂的。

　　當小老鼠去睡覺的時候，總要對小星星說：「晚安，我的小星星。」

　　這樣天天看着，小老鼠覺得他的星星好像一天比一天更亮了。「真高興呀。」小老鼠想，「今天我應該多吃一塊番薯乾慶祝慶祝。」

可是，發生了一件不幸的事。有一天晚上，小老鼠忽然發現，他的星星一會兒亮，一會兒暗，忽閃得好厲害。「哎呀，星星是不是病了？」小老鼠很着急。

小老鼠去找獅大王：「獅大王，我的星星好像病啦！」「什麼你的星星？」獅大王莫名其妙。小老鼠有些着

急：「就是你分給我的那顆……」

「啊，對了，」獅大王撓撓頭皮，「想起來啦，有過這麼一回事。你這小傻瓜怎麼還記着呀？」「是的。」

「得了，得了，」獅大王說，「忘了你那顆生病的星星吧。現在，這滿天的星星都算分給你了，行了吧？」

「不，我不要……」小老鼠失望地走了，他覺得很難過，「說得好好的，怎麼能隨便忘了呢？」

夜已經很深了，小老鼠依然趴在窗口看星星。

星星越來越暗，越來越暗。忽然，星星變成了一顆流星，在天上畫了一條亮亮的白線，掉下來了！星星變成了一塊黑黑的石頭，掉在了小老鼠的窗前。小老鼠哭了：「我的星星死了，我的星

星死了⋯⋯」

　　他把黑石頭抱回家，一邊哭，一邊給它洗澡。洗完澡，小老鼠又用乾淨的布給它擦，想把它擦亮。可是它沒有亮起來。

　　「給它曬曬太陽就會亮的吧？」第二天早晨，小老鼠把黑石頭抱到太陽下去

曬。很亮很暖的陽光，也沒能讓它亮起來。到了晚上，小老鼠又讓它照月亮。溫柔皎潔的月光，也沒能讓它亮起來。

　　一隻螢火蟲飛來了，他的小綠燈真亮。小老鼠去求螢火蟲：「螢火蟲，我的星星不會亮了，求求你幫我點亮它吧！」「好的，好的。」螢火蟲在黑石頭上坐了好一會兒，也沒能把它點亮。

　　螢火蟲說：「我一個人力量太小了，我去叫伙伴們來。」螢火蟲叫來了幾百個伙伴，大家一起趴在黑石頭上，用他們的小綠燈捂着黑石頭。

　　時間一分鐘一分鐘過去，螢火蟲終於把黑石頭點亮了。黑石頭發出了一閃一閃的綠光，非常好看，它騰地一跳，往天上飛去了。啊！它又變成了星星。

　　「變成星星了，變成星星了！」螢

火蟲們歡呼着。星星在天上畫出一條白線，好亮好亮。

星星回到了它原來的位置上，還是做小老鼠的星星。現在，它不再是又暗又小的星星了，而是天上最亮最大的星星。

小老鼠趴在窗口，靜靜地看着，他想：我的星星變得這麼亮，獅大王會不會把它要回去呢？

小老鼠有點想睡了。「晚安，我的星星。」

青蛙國王

在一個小池塘裏，生活着許多青蛙。他們都長得一模一樣，分不清誰是誰。但是沒有關係， 大家還是很友好地住在一起。

有一天，青蛙國王到這裏來視察了。於是，所有的青蛙們馬上排好隊，歡迎國王的到來。

青蛙國王駕到了。他頭上戴着金王冠。青蛙國王昂着頭，只用餘光看池塘裏的青蛙們：「瞧這些池塘裏的青蛙，

長得多麼普通、多麼俗氣！」

　　一隻小青蛙悄悄地問一隻老青蛙：「什麼叫『俗氣』呀？」老青蛙說：「就是說咱們長得很低級、很難看。」小青蛙朝國王仔細看了看說：「我覺得，國王除了頭上戴着王冠，和我們也是一模一樣的呀。」

　　就在這個時候，颳起了一陣大風，把青蛙國王的金王冠吹掉了。金王冠在地上滾了幾下，掉在池塘裏，沉到水底

下去了。不過，這件事，粗心的青蛙們沒有看到。

過了一會兒，大家發現國王不見了，非常緊張：「國王呢？國王哪去了？」有一隻青蛙在叫着：「我就是國王，我就是國王！」

青蛙們都笑他：「你算什麼國王。你長得和我們一樣俗氣，而且，你的頭上也沒有王冠呀。」

那隻青蛙一邊跳，一邊叫着：「我就是國王呀，我就是國王呀。」

所有的青蛙都笑起來：「瞧這隻青蛙，他瘋了。」

青蛙們笑着，都走開了，只管自己去捉蟲子吃。

那個掉了王冠的國王心裏想：怎麼回事？難道他們沒有從我高貴的長相上

看出來，我就是他們的國王嗎？

　　其實，他長得與一般的青蛙真的沒什麼兩樣。從此以後，青蛙們就沒有國王了。

　　原來曾經戴過王冠的那隻青蛙，現在也和別的青蛙混在一起，自己捉蟲子吃。

一座房子和一塊磚

黑熊是個大富翁，小老鼠卻很窮。

在一個非常美麗的湖邊，有一座漂亮的新別墅。新別墅的門口，掛着一塊大牌子，上面寫着：出售別墅。

大富翁路過看見了，他説：「哦，這座別墅好漂亮，我好喜歡啊。」貧窮的小老鼠路過也看見了，他説：「啊，這座別墅好漂亮，我好喜歡啊。」

有一天，黑熊用他所有的錢，買下了這座別墅。可是，小老鼠用他所有的

錢，卻只能買下一塊磚。

　　黑熊大富翁問：「小老鼠，你買一塊磚幹什麼？」小老鼠說：「建別墅啊。現在我已經有一塊磚了，等我以後有了更多的磚，就可以把我的別墅建在你的別墅旁邊了。」

　　黑熊大笑起來：「哈哈哈，笑死我了，你想造別墅，卻只有一塊磚？」小老鼠說：「只要好好勞動，磚頭就會慢

慢增加的。現在，我先在你的別墅旁邊搭一個帳篷吧。」

小老鼠就在別墅旁邊搭了一個帳篷，住了下來。

從此以後，小老鼠就好好地勞動，慢慢地攢錢。小老鼠想：我攢一點錢，就去買一塊磚，這樣，磚頭就會慢慢多起來。

黑熊卻總是大吃大喝，胡亂花錢。他想：我反正還有一座別墅呢，等到我錢不夠的時候，我就把別墅賣掉好了。

就這樣，日子一天一天過去了。

有一天，黑熊忽然發現自己沒錢了。黑熊說：「哎喲，我連買晚飯的錢都沒有啦，這可怎麼辦呢？」黑熊只好去跟小老鼠商量：「小老鼠，借我一點錢吧。我想買晚飯吃。」

小老鼠説：「我不借，不過你可以把你房子裏的磚頭賣幾塊給我。」黑熊很奇怪，説：「砌在牆上的磚頭怎麼賣給你啊？」小老鼠説：「沒關係，磚還讓它留在你的牆上，我只不過做一個記號。」

「那好吧。」黑熊賣了五塊磚給小老鼠。

小老鼠在外面的牆上打了五個勾，再畫一個小老鼠的頭像，代表這五塊磚是屬於小老鼠的。

「這幾塊是我的磚啦。」小老鼠對黑熊説。

黑熊點點頭，説：「是的，是的。」

從此以後，黑熊要用錢，就把房子裏的磚賣幾塊給小老鼠。

就這樣，在黑熊別墅的牆上，打了勾、畫了小老鼠頭像的磚不斷在增加，沒有記號的磚不斷在減少。等到磚賣完了，黑熊又開始賣屋頂的瓦片。

終於有一天，黑熊別墅裏的每一塊磚上面都打上了勾、畫上了小老鼠的頭像。就連瓦片上，也都打了勾、畫上了小老鼠的頭像。

小老鼠對黑熊說：「現在，這座別墅的每一塊磚都是我的了，你可以搬出去了。」

黑熊只好搬了出去。

沒別墅住的黑熊住在哪裏呢？像小老鼠一樣，黑熊也在別墅旁邊搭了一個帳篷，只不過這個帳篷特別大，因為黑熊的身體特別大。

小老鼠把自己以前買的第一塊磚

送給了黑熊，「黑熊啊，好好勞動吧，有這第一塊磚，你將來也會有許多許多磚，最後一直到有一座別墅，就像我現在這樣。」小老鼠說。

黑熊點點頭，他覺得小老鼠說的話很對。

一座房子和一塊磚

破褲子和破屋子

　　武功小神仙和美麗小仙女是鄰居。他們兩個原來是很要好的。每當美麗小仙女午睡的時候，武功小神仙就會坐在旁邊，揮着他的手，用他的內功給美麗小仙女趕蚊子。當武功小神仙練功餓了，美麗小仙女就會給他送來一個熱熱的烘番薯。

　　他們就這麼要好。

　　可是，有一天他們吵架了。為了一件小事，就吵翻了。

「好，以後我們各管各的！」武功
小神仙先說出這樣的話。於是，他們誰
也不理誰了。

　　武功小神仙氣呼呼地對自己說：
「哼，我會手掌劈石，還會拳頭打井，
什麼都難不倒我！看她美麗小仙女沒有

我怎麼行？」

美麗小仙女也在家裏生氣，她對自己說：「哼，我又會做飯，還會洗衣服，自個兒照顧自個兒足夠了！」

好幾天，他們相互都不説一句話。

有一天，武功小神仙練功的時候，刺啦一聲，他的褲子被樹枝鈎破了一道口子。

武功小神仙傻眼了，他的武功裏可不包括會補褲子。

「哼，要我堂堂武功小神仙去求美麗小仙女補褲子，門兒也沒有！」

武功小神仙穿着破褲子，繼續練功。

過了幾天，武功小神仙的褲子越破越大，已經露出一大塊屁股了。他總覺得屁股那兒涼颼颼的，這很影響他練功

的質量。

　　但武功小神仙還是咬住牙，就是不去向美麗小仙女求助。

　　這天晚上，下了一場大雨。美麗小仙女家漏雨了。本來這是很簡單的事，叫一聲武功小神仙，他幾下就能把漏洞補好的。可現在……

　　「我是美麗小仙女，別人可以求他，我才不去求他呢！」

　　美麗小仙女只好穿着套鞋、打着雨

傘睡覺。滴滴答答的雨，聽着真心煩！

　　半夜裏，雨還在下着，可是，美麗小仙女忽然發覺屋子已經不漏了。她跑出去一看，在她的屋頂上，武功小神仙正在那裏修漏洞呢，撅着的屁股，露出了一大塊。

　　接下來的事，當然就很簡單了。

　　修好漏洞，武功小神仙站在一點也不漏的屋子裏，讓美麗小仙女幫他縫破

褲子。因為他就這麼一條褲子，只好這樣。這是很難為情的。

　　後來沒有聽說武功小神仙與美麗小仙女再吵過架。

老火車頭的故事

　　有一個很老很老的火車頭，他躺在一個安安靜靜的車庫裏。別的火車頭都轟隆轟隆地在鐵路上跑呢，他們有的帶裝貨的車，有的帶載客的車，只有他靜靜地躺在車庫裏。

　　老火車頭為什麼躺在車庫裏呢？因為他老了，再也跑不動了，只能聽聽鐵軌上別的火車跑起來發出的聲音。

　　車庫裏，多麼靜呀。好像，大家都把他忘記了吧？老火車常常想：我年輕

的時候，很多很多的人都坐過我的車。
但是，坐車到底是個什麼滋味呢？

　　是呀，老火車頭帶了一輩子的車，
可自己卻從來沒有坐過車。「我真想坐
一次車啊……」老火車頭想。

　　老火車頭就對車庫的管理員說：
「我……我也想坐一次車……」管理員
一聽就呆住了。是啊，老火車頭讓人家
坐了那麼多年的車，自己卻從來沒有坐

過車呀。這個願望可一定得滿足。

於是，管理員就給上級打電話。過了一會兒，管理員回來了，他對老火車頭說：「行啦，已經說好啦，讓你坐一次車。而且，還要讓你坐一次船呢！」「真的？」老火車頭很高興。

第二天，一架大吊車把老火車頭吊到了一輛火車上。

「嗚——轟隆轟隆——」火車把老火車頭帶走了。「哈哈，哈哈，坐車原來是這個滋味呀！」老火車頭很高興地笑了。

火車開到了一個港口，又有一架大吊車把老火車頭吊到了一艘大輪船上。

「嗚——」大輪船開動了。老火車頭又笑了：「哈哈，哈哈，坐船原來是這個滋味呀！」

最後，老火車頭被送進了一個新的博物館。在他的身上，掛了一塊很大的牌子，上面寫着：這是最古老的火車頭。

每天，都有很多的小朋友來看他。他們說：「哎呀，最古老的火車頭原來是這樣的呀。」然後，小朋友們會爬到他的身上來，想着自己是在開火車。

每當這個時候，老火車頭就很高興，覺得自己真的還在鐵軌上跑呢。

受傷的小鳥

　　有一天，老神仙在他家後面的竹林裏，撿到了一隻受傷的小鳥。這隻小鳥因為翅膀受了傷，再也不能飛了，只能在地上跳來跳去，非常痛苦的樣子。

　　老神仙在小鳥的傷口上塗了一種藥，叫作「創痛散」，這是老神仙用草藥自己做的，治傷口特別有效。

　　他做了一隻鳥籠，把小鳥養在裏面。老神仙每天去紅樹林捉蟲子餵牠，還給牠喝山裏取來的泉水。

老神仙每天早上會拎着鳥籠子到紅樹林裏去遛鳥。沒過多久，小鳥的翅膀已經長好了。老神仙還是每天餵牠吃蟲子，給牠喝山裏的泉水，拎着鳥籠到紅樹林裏去遛鳥。

　　大熊看見了，就説：「老神仙對小鳥這麼好，是一個愛鳥的人。」

老神仙聽了特別高興，説：「是啊，是啊，我特別愛鳥。」

這時候，一個難聽的聲音説：「要我説呀，老神仙一點也不愛鳥。呀呸！」原來是孤獨狼來了。

老神仙説：「孤獨狼，我怎麼不愛鳥了？」

孤獨狼説：「以前我去捕鳥，你不是説我不愛鳥嗎？我去捉小松鼠，你不是説我不愛小動物嗎？」

老神仙説：「是啊，你是去捉，可這小鳥受傷了，是我撿的。」

「但是牠現在傷已經好了，你為什麼還把牠關在籠子裏呢？哼，你一點也不愛鳥，呀呸！」

這下，老神仙説不出話來了。

晚上，老神仙一直在想：「我到

底是個愛鳥的人，還是一個不愛鳥的人
呢？換句話說，是養鳥的人愛鳥呢，還
是不養鳥的人愛鳥呢？」老神仙
這麼想來想去，自己也糊塗了。

「不過，」老神仙最後對自己說，「孤獨狼說的也有道理，既然我為小鳥治傷，小鳥的傷好了，我就不能再把牠關在籠子裏了。」

第二天，老神仙把小鳥放了。但是，沒有了小鳥，老神仙的心裏變得空空的。因為他已經不習慣沒有小鳥的日子了。他還是像往常一樣，在籠子的小

杯子裏放上捉來的蟲子，在另一個杯子裏倒上從山裏取來的泉水。

沒想到，令人非常高興的事發生了：那隻小鳥又飛來了，吃着籠子裏的蟲子，喝着籠子裏的泉水。老神仙走過去看牠，牠也不飛走。一直到傍晚，小鳥才飛出籠子，飛到紅樹林去了。

從此以後，小鳥每天會飛來，到籠子裏吃蟲子和喝泉水，然後，再睡一個午覺，一直到傍晚才飛走。

這樣，老神仙非常高興。「現在，我可以理直氣壯地説，我是一個愛鳥的人了。」老神仙對自己説。

79

冰波心靈成長童話集 4

小精靈的秋天

作　　者：冰波
插　　圖：雨青工作室
責任編輯：陳友娣
美術設計：陳雅琳
出　　版：新雅文化事業有限公司
　　　　　香港英皇道499號北角工業大廈18樓
　　　　　電話：(852) 2138 7998
　　　　　傳真：(852) 2597 4003
　　　　　網址：http://www.sunya.com.hk
　　　　　電郵：marketing@sunya.com.hk
發　　行：香港聯合書刊物流有限公司
　　　　　香港荃灣德士古道220-248號荃灣工業中心16樓
　　　　　電話：(852) 2150 2100
　　　　　傳真：(852) 2407 3062
　　　　　電郵：info@suplogistics.com.hk
印　　刷：中華商務彩色印刷有限公司
　　　　　香港新界大埔汀麗路36號
版　　次：二○二一年一月初版
　　　　　二○二三年七月第二次印刷